Jim Burns
Fred Engels bei Woolworth
Rotbuch Taschenbuch 32

Jim Burns
Fred Engels bei Woolworth

Gedichte

Aus dem Englischen von
Rolf Eckart John
und Jürgen Theobaldy

Rotbuch Verlag Berlin

›To the girl in blue‹

Umschlaggestaltung von Peter Kuntner
Druck und Bindung von der Wagner GmbH, Nördlingen

ISBN 3 88022 042 5

Inhalt

Der Stoff, aus dem die Träume sind

Sie sagte: »Du bist auch so ein Träumer,
mit deinen albernen Ideen vom Sozialismus,
mit deiner Musik, den Gedichten und Bildern,
dazu der Unsinn, daß du außer Brot noch
Rosen willst. Da hört doch keiner mehr hin«.

Der Zug wand sich durch die Slums von Salford,
und eine Scheibe zersplitterte, als Kinder
Steine von der Brücke warfen. Zurückblickend
sah ich die Umrisse der Stadt, entstellt
von den häßlichen Blöcken der Bürohochhäuser.

Liebesgedicht

Ich stehe früh auf,
stelle das Radio an
und höre »By the time
I get to Phoenix«, aber
ich fahre nicht nach Phoenix,
ich fahre nach Manchester,
was vielleicht weniger
romantisch ist, aber egal, ich
denke daran, was du
tun wirst, wenn ich dort ankomme.
Das Mädchen aus dem Haus
gegenüber kommt heraus
in den Garten, steht da,
die Hände auf dem anschwellenden Bauch,
und atmet die klare Luft ein.
Es ist der 1. April, ich weiß,
und ich bin so verrückt zu denken, daß du
durch mich jemals wie sie sein könntest.
Die Frühlingssonne wärmt das Blut
in meinen Adern. Ich möchte dich
hier bei mir haben und nicht dreißig
Meilen entfernt. Wenn ich in
Manchester ankomme, wirst du arbeiten.
Wenn ich betrunken bin, wirst du
schlafen. Wenn ich
nüchtern bin, wirst du immer noch
dreißig Meilen entfernt sein, und
ich werde mich fragen, warum ich mir
die Mühe gemacht habe, mich zu betrinken; es
bringt dich kein Stückchen näher zu mir.
Diese Frühlingstage sind verwirrend.
Ich wünsche sie mir voll von Gedichten
und schwangeren Mädchen.

Fragment einer unordentlichen Erziehung

Ich bin auf einem Scheißhaus im Hof erzogen worden,
dort las ich alte Zeitungen, sie waren in
handliche Quadrate gerissen, passend zu den Ärschen
der Familie.
Der Krieg kam und ging, und ich schiß
und las weiter, bekam aber nur die Hälfte
der Geschichten mit, dachte über den Rest nach
und fragte mich, wer sich den Arsch mit der
flammenden Rede von letzter Woche abgewischt hatte.
Danach Frieden und gute Aussichten.
Ich war älter,
und fing an, mich für die Politik des
DAILY MIRROR zu interessieren. Clement Attlee
war mein Held. Die Blätter mit seinem Foto bewahrte ich
bis ganz zuletzt auf und benutzte sie andächtig.
Es war traurig, ihn die Kloschüssel hinunterzuspülen,
doch es mußte sein. Die 40er Jahre gingen zuende,
und meine Mutter deutete an, daß es ganz schön wäre,
eine anständige Rolle Klopapier zu haben.
Vater,
mit seinen ganzen Erinnerungen an die große Krise,
sagte gar nichts und zerriß fleißig den DAILY HERALD.
Die Wirtschaftskrise von 1952 kam –
kann mir irgendjemand sagen, was da überhaupt los war?
Ich war nie ganz sicher, denn das nächste Blatt
am Haken waren die Ergebnisse des Pferderennens.
Und Korea, wofür haben sie gekämpft? Die Berichte,
die ich las, endeten auf der Mitte der Seite.
Wir
stolperten in das Jahr 1954. Mutter setzte ihren Kopf durch,
Vater haßte es, gutes Papier zu vergeuden,
und fing deshalb an, die Küche mit Zeitungen
auszulegen. Ein neuer Abschnitt in meiner Erziehung
begann. Ich lernte, die neuesten Nachrichten
verkehrtherum zu lesen, bis auf 3 Meter Entfernung.
Doch das
schien die Sache auch nicht besser zu machen.

Eine gebildete Frau

Es gibt Geheimnisse an diesen Orten
und vielleicht Legenden. Die ärmlich gekleidete Frau,
die all ihre Sachen in einem Einkaufswagen
herumschiebt, steht nachmittags
in der halbleeren Kneipe,
sie bewegt die Arme und Beine
wie eine Marionette und murmelt etwas
in einer unverständlichen Sprache. »War im
Konzentrationslager«, flüstert der Mann
mir gegenüber hinter seinem Weißwein,
»Litauin oder Polin oder so« und versinkt
wieder in Schweigen. Jemand zerschneidet
meine Gedanken an die Frau hinter Stacheldraht,
ein Mann mit einem weißen Bart, der, sagt man,
im Krieg Kampfbomber flog und den Verstand verlor,
als er in der Arktis abstürzte.
Er zieht vorüber, und die Frau setzt ihren
nervösen Tanz fort. Der Weintrinker hebt sein Glas
an die Lippen, die sich wieder öffnen.
»Eine gebildete Frau«,
sagt er und schlürft seinen Wein,
während sie herumschwankt und zuckt,
im Takt entfernter, schrecklicher Musik.

Die Ökonomie der Poesie

Mit Poesie kannst du kein Auto fahren,
aber du kannst es mit Benzin,
und das ist es letztlich, was ich mir jeden Tag sage,
wenn ich über Rechnungen Auskunft gebe:
»500 Gallons zu 29 Pence pro Gallon,
plus Steuerzuschlag natürlich,
bei weniger als 1000 Gallons.
Wenn Sie weniger als 500 Gallons bestellen,
zahlen Sie noch mehr, bis zu einem Minimum von
200 Gallons.
Unter 200 Gallons liefern wir nicht«.
Du denkst, Pound war der einzige Dichter,
der etwas von Ökonomie verstand? Ha!
Ich sitze hier, mache Überstunden und ändere alles ab,
weil irgend ein Araber die Preise erhöht hat,
wir folgten seinem Beispiel, die Tankstellen auch,
die Autofahrer zahlen mehr, um zur Arbeit zu kommen,
die Busgesellschaften zahlen mehr für ihr Benzin,
die Fahrpreise gehen in die Höhe, die Arbeiter wollen
mehr Geld,
um die gestiegenen Fahrtkosten zu decken.
Sie bekommen eine Lohnerhöhung, die Firmen, für die
sie arbeiten,
erhöhen die Preise. So geht es weiter,
jeder erhöht seine Preise,
bis schließlich die Exportpreise nach Lybien
und allen ölproduzierenden Ländern in die Höhe gehen.
Dann wollen diese eine Preiserhöhung, um das
auszugleichen.
Sie bekommen sie, und das Karussell dreht sich von neuem.
Ich mache immer noch Überstunden, jetzt nur um
dafür zu sorgen, daß ich einen anständigen Lohn kriege.
Ich habe irgendwo nicht aufgepaßt, ich bin der Einzige,
der keine Lohnerhöhung bekommen hat. Ich konnte den
Preis für Benzin
nicht erhöhen, es gehört mir nicht.
Ich könnte den Preis für meine Gedichte heraufsetzen,

aber selbst beim Doppelten der gegenwärtigen Verkaufsrate
würden sie immer noch nichts einbringen.
Ich bemühe mich sehr, einen Weg zu finden,
um mit Poesie ein Auto zu fahren. Es ist unmöglich.
Noch immer gebe ich den ganzen Tag Auskunft über
  Rechnungen.
Na, Ezra, was hast du dazu zu sagen?

Das Hemd

Das Hemd ist schmutzig,
am Kragen verschmiert.

Er hat ihr gesagt,
daß es schmutzig ist, und sie

hat versprochen es zu
waschen, wenn sie Zeit hat.

Das Hemd kommt zwischen
sie, sogar wenn

es zum Trocknen
auf der Leine hängt.

Er sucht nach ihrem Lächeln,
aber es wird vom Hemd

verdeckt, und er
kann nur ihre Beine sehen.

Sie geht von ihm
weg, und das Hemd

hängt in der Sonne. Das
Hemd ist weiß.

Für die Internationalen Brigaden

Noch immer wälzen sich die Toten
ruhelos in ihren Gräbern am Ebro,
und eine rote Fahne flattert in meinem Herzen.
Ich kann nur Bücher lesen
und mir vorstellen, was in ihren Köpfen vorging.
Ich kann nur dasitzen und nachdenken
und Vermutungen anstellen über meine eigene Tapferkeit.
Es gibt keine roten Fahnen am Ebro,
aber die Toten wälzen sich unruhig in meinem Herzen.

Eine einzelne Blume

Ist jemand ein schlechterer Dichter,
weil er zu Hause lebt
mit seiner Frau und den Kindern,
und wird Poesie immer
von irgend einem Verrückten geschrieben?
»Ich kann nicht zu Felsen
und Bäumen reden«, sagte Sokrates,
und er hatte recht.
Heißt Erfahrung,
jeden Tag irgend jemand anderen
zu treffen, oder heißt es,
ein Verhältnis zu bestimmten Menschen
aufzubauen?
Ich stelle diese Fragen
in einem Gedicht, das die Leute
lesen sollen. Ich kann nicht
die Felsen und die Bäume fragen,
und die Nachwelt interessiert
mich nicht. Schließlich
besteht die Verantwortung der Poesie
gegenüber den Menschen
und nicht gegenüber Begriffen.

Einmal schlief ich die ganze Nacht draußen
bei den Obdachlosen, und obwohl ich
lernte, was Mitleid ist,
lernte ich nichts über Poesie.
Auf der anderen Seite
habe ich beinahe
zwölf Jahre mit derselben Frau
geschlafen, und ich schreibe jedesmal
ein Gedicht, wenn wir zusammen waren.
Ich rede natürlich nicht
über das Schreiben von Poesie.
Das wäre zu einfach.
Mein Labour-Stadtrat
verteilt Broschüren mit einem

ausführlichen Sanierungsplan.
Er schließt das Gebiet mit ein,
in dem ich geboren bin.
Sein Plan ist Fortschritt,
meine Erinnerung ist Poesie. Das
ist der Standpunkt eines Maschinenstürmers, ich weiß.
Ich bin kein Politiker,
aber ich versuche, ein Dichter zu sein.
Ich mag die Maschinenstürmer, ich denke,
sie schätzen die Menschen
genauso wie ihre Arbeit.
Was ist der Sinn des Fortschritts,
wenn er nur hilft, dich von
deinem Nachbarn zu entfremden?
Mein Labour-Stadtrat weiß nicht
einmal, wer ich bin.
Was für ein Verhältnis
kannst du mit einem Zeichen
auf einem Blatt Papier herstellen?
Was soll ich tun, meinen
Labour-Stadtrat lieben?
Er sitzt in fünf Aufsichtsräten
und hätte wahrscheinlich
nicht die Zeit dafür übrig.

Dies ist ein Gedicht
für jemanden, der zuhört.
Ich las einmal Han Shans Gedichte
und bewunderte sie,
aber ein Mann kann zu lange
auf dem Berg bleiben.
Ich möchte mich nicht mehr
allein betrinken.
Ich kann nicht zu Felsen
und Bäumen reden, und ich rede
zu viel mit mir selbst.
Ich werde eine einzelne Blume
in meinem Garten ziehen
und sie meiner Frau geben.
Ist jemand ein schlechterer Dichter,

weil er zu Hause lebt
mit seiner Frau und den Kindern,
und wird Poesie immer
von irgend einem Verrückten geschrieben?

Dies ist kein Gedicht
über die Ehe.
Es ist ein Gedicht über Liebe.
Ich habe mit einer Frau
beinahe zwölf Jahre lang gelebt,
und obwohl ich jedesmal nur ein
kurzes Gedicht schreibe,
wenn wir zusammen waren,
füge ich doch einem längeren
Gedicht eine Zeile bei
für später.

Außerhalb der Saison

An einem Nachmittag im Februar gehe ich die
regennasse Promenade in Blackpool entlang
und sehe auf die verblichenen Plakate,
auf abblätternde Farbe, geschlossene Cafés und
heruntergelassene Eisengitter, die die andere
Straßenseite schmücken. Keine Wahrsager, keine jungen
Stripperinnen mit Brüsten wie Rosenknospen und
  glitzernden
Strumpfbändern, kein süßlicher Geruch nach fettigen
  Krapfen,
Hamburgern oder Fish and Chips,
die die Stimmung heben, keine Bingospieler
deren Stimmen sich mit dem harten Schrei der Möwen
  mischen.
Nur leere Geschäfte, ein wolkenschwerer grauer Himmel
und eine Gruppe von Rentnern, die sich in einem Häuschen
an der Bushaltestelle zusammendrängen. Die
  Landungsstege ragen
ruhig in das Meer, und ein verwittertes Schild weist
den Weg zum Salon eines Tätowierungskünstlers.
In der einzigen offenen Spielhalle steht verlassen ein
  Junge,
die Schultern vorgebeugt hämmert er wie ein Wilder
auf die Glasscheibe eines kaputten Flipperautomaten.

Eine neue Erfahrung

Nie ist das Leben so wie in den Romanen die ich lese,
und ich frage mich warum. All die Jahre, die ich
damit verbracht habe, ergreifende Geschichten über
auseinandergehende Ehen zu studieren, wo der
verzweifelte Held nach dem Zusammenbruch
in einem Nebel aus Alkohol verschwindet. Irgendwie
schien es so hoffnungslos romantisch,
diese Art Leben, das ein richtiger Poet des 20. Jahrhunderts
führen sollte. Und als es passierte,
machte ich mir noch ein Salatsandwich,
überlegte, ob ich die Küche fegen
oder ein paar Hemden waschen sollte, und vertrödelte dann
den Abend mit einem Western im Fernsehen.

Die Revolution

Ich sitze im 9.47er Zug von Preston nach Manchester,
der in Chorley, Adlington, Blackrod und Bolton hält
und um 10.36 in Manchester Victoria ankommt, und
ich träume von Zapata und Villa, von Truppenzügen,
die quer durch Mexiko rollen, die Güterwagen voll mit
Gitarre spielenden Soldaten und flotten Senoritas.
Ich denke auch daran, daß es das Aufregendste war,
was diese Woche zu Hause passierte, als der
Milchmann eines Morgens vier Flaschen statt zwei
brachte; wir mußten die Nachbarn fragen, ob wir
versehentlich ihre Milch bekommen hatten, was uns allen
am Ende
etwas zu reden gab.
Die Berge draußen vor Chorley
können unmöglich voll von Guerillas sein, aber
kurz vor Bolton steht eine Gruppe Arbeiter mit roten
Leuchtstreifen
über ihren Jacken an der Strecke, und als der Zug
vorbeifährt, grüße ich mit geballter Faust, und
sie grüßen zurück mit dem Zwei-Finger-Zeichen, V für
Victory. Letztlich gibt es doch Solidarität unter uns,
denke ich und beschließe, dies in der erstbesten Bar
zu feiern, die ich finde, wenn ich aus dem Bahnhof komme.
Auf die
erste folgt die nächste, und dann, als ich die fünfte
erreiche, bin ich betrunken und habe vergessen, weshalb ich
nach Manchester kam.
Es hatte, scheint mir, etwas mit der Revolution
zu tun, also beschließe ich, daß sie genausogut zu Hause
beginnen kann,
und nehme den Zug zurück. Unterwegs denke ich wieder
an Zapata und Villa, fange an *La Cucaracha*
zu singen, und der Schaffner bittet mich, still zu sein,
die anderen Fahrgäste mögen das nicht. Es gibt
keine Solidarität unter uns, denke ich und erinnere mich
wieder an
diese vier Flaschen Milch, an die Tatsache, daß an diesem Morgen

acht Leute, die in fünf Jahren nichts weiter als
Floskeln ausgetauscht hatten, fünf Minuten lang
diskutierten
über die Milch und ihren Preis, über die Kinder und die
Wahlen,
über Regierung und Gewerkschaften, Arbeit und
Vergnügen.
Auf dem Nachhauseweg durch die regennassen Straßen
vertausche ich
die Zettel an allen Milchflaschen auf den Treppenstufen, an
denen ich vorbeikomme.
Das Durcheinander morgen wird
schrecklich sein, aber vielleicht entspringt all dem die Idee
von einer richtigen, langandauernden Revolution im Leben
eines jeden.

Der Goldfisch spricht aus seinem Grab

Zwölf Jahre lang von einer Seite
des Aquariums zur anderen schwimmen,
mit dem Maul gegen die Scheibe stoßen,
sich umdrehen, einmal die Flosse bewegen
und wieder anstoßen. Lieber Gott, wenn sie
nur wüßten, wie langweilig alles war.
Jeden Tag wurde das gleiche Futter reingeworfen
und einmal die Woche das Wasser gewechselt.
Sie konnten mich selbst im Dunkeln nicht
leben lassen, so hartnäckig bestanden sie
darauf, immer zu wissen, was ich machte.
Und als es ans Sterben ging und ich auf
dem Grund des Aquariums liegen wollte,
klopften sie an die Scheibe und preßten
ihre verschwommenen Gesichter dagegen.
Das Entsetzliche ist, daß es kein Entsetzen gibt,
doch ganz bestimmt gibt es Verzweiflung,
und was das bedeutet, wußte ich.
Aber jetzt ist es endlich vorbei,
und ich bin im Garten begraben worden.
Das ideale Ende für einen englischen Fisch,
nun sorge ich dafür, daß das Unkraut wächst,
damit sich die Familie Sonntagmorgens
über was anderes Sorgen machen kann.

Die neue Gesellschaft

Also, die Zeit wird kommen, wo jeder im Land
seinen eigenen Sozialarbeiter hat, der über ihn wacht,
und das ist fein, abgesehen davon, daß deine Lohnsteuer
sich
verdreifacht, um ihn zu bezahlen, und deine Miete sich
verdoppelt,
um seine Wohnung zu finanzieren, du machst Überstunden,
um das zu schaffen und am Leben zu bleiben, und deine
Ehe scheitert,
denn deine Frau sieht dich nicht mehr.
Da kommt dein Sozialarbeiter an, liefert dir
Marxismen, Freudianismen, Anarchismen, Durkheimismen,
und das ist fein, abgesehen davon, daß es
überhaupt nichts mit deinen Problemen zu tun hat, die im
Grunde
darauf beruhen, daß du jemanden brauchst, der nach den
Kindern sieht,
während du mit deiner Frau ausgehst. Doch es hilft
den Problemen des Sozialarbeiters, endlich kriegt er
diese Ismen vom Hals, und seine Ehe war
an dem Punkt, wo sie zusammenbrach, denn seine Frau
wollte nicht länger zuhören, wie er darauf herumkaute.
Dies erzählt er dir, und du beginnst, dich um
deinen Sozialarbeiter zu sorgen, und bald lieferst du ihm
Marxismen, Freudianismen, Anarchismen, Durkheimismen,
und das wäre fein, doch eure beiden Frauen sind weg,
ihr sitzt Tag und Nacht in Bars herum,
redet über diese Dinge, und dann teilen sie euch
zwei Sozialarbeiter zu, die über euch beide wachen,
sie sind frisch, neu und scharf, sie liefern euch
Marxismen, Freudianismen, Anarchismen, Durkheimismen.

Probleme des Proletariats

Ich bin draußen vor dem Bahnhof
auf dem Weg zu einer Dichterlesung
und bewundere das Mädchen im Pelzmantel und
den sexy roten Stiefeln, als ein Mann daherkommt,
fast doppelt so alt; sie begrüßt ihn
zärtlich, die beiden steigen in einen dicken
Wagen und fahren weg.

»Gottverdammte Bourgeois«,
knurre ich und denke an meine Frau, die mich
nachher zweifellos mit ihren Lockenwicklern
empfangen wird, mit ihren beiden Wolljacken
und zerschlissenen Schlappen an den müden Füßen.
Also tue ich, was getan werden muß, um mein Dasein
zu rechtfertigen, murre die ganze Zeit
und träume von der Revolution, wenn wir alle
von Mädchen in roten Stiefeln empfangen werden;
ich gönne mir Phantasien, wo kopulierende Paare
auf beschlagnahmten kapitalistischen Betten hüpfen,
und dann nehme ich den Zug zurück nach Preston.

Als ich dort ankomme, wartet meine Frau,
sie trägt ein neues rotes Nylonnachthemd
und Stöckelschuhe, ihre Haare sind offen
und lang, und sie ist bereit.
Aber weil ich neun Bier gekippt habe,
um mich durch diese Dichterlesung zu schaffen,
kriege ich nicht einmal die geballte Faust hoch,
ganz zu schweigen von der Möglichkeit, eine neue Stellung
mit ihr zu probieren, und ich schlafe ein,
und denke daran, daß die frühen Sozialisten
Recht hatten, als sie sagten, der Suff sei
die Verdammnis der Arbeiterklasse.
Am Morgen redet sie nichts,
mein Kopf tut weh, die Cornflakes
bleiben mir im Hals stecken, und es regnet,
als ich die Straße hinunter zur Arbeit stolpere.

Auf halbem Wege durch einen stumpfsinnigen Tag fällt
mir ein, daß das Mädchen in den roten Stiefeln
vielleicht eine geheime Sympathisantin ist, bereit,
sich einem kämpfenden Genossen hinzugeben.
»Liebe auf den Barrikaden«, denke ich,
aber Liebe im Bett wäre besser,
und ich erwäge gerade, mich diese Nacht
am Bahnhof aufzuhalten in der Hoffnung,
sie für ein Abendstudium
über Arbeiterkontrolle und deren Konsequenzen
zu gewinnen, als meine Frau anruft
und mir sagt, sie werde nicht da sein, wenn ich nach Hause
komme,
und ich solle im Laden ein paar Fritten kaufen
und aufpassen, daß die Kinder früh ins Bett gehen.

Ich hefte meine Pläne für die Revolution ab
und fülle das nächste Formular aus.

Mondschein Träume

Wellen rollen an den Strand,
und die schöne Linda Darnell
kommt auf mich zu,
im Licht des Vollmonds.
Hollywood, du bist an allem schuld.
Ganze Generationen von uns
saßen wie hypnotisiert da,
wenn die strahlenden Stars
durch die Brandung tanzten
und die hochgeschnürten Brüste
im Takt dunstiger Musik wogten.
Diese Bruchstücke von Melodien
und die in Farbe getauchte Leinwand
machten Träumer aus uns allen
und sprachen unsere geschiedenen Frauen schuldig,
bevor wir sie getroffen hatten.

Erste Liebe

Sie wußte nicht, wie es
sein würde. Sie stand
hinter dem Haus, neben den
Mülleimern, an die Wand
gelehnt, die Knie leicht eingeknickt. »Oh, du
tust mir weh«, stöhnte sie leise,
die Faust gegen den
Mund gepreßt. Und dann
die Tränen. »Ich will nicht ...
Ich ... Du tust mir weh«.
Jahre später erinnerte sie sich an
die kühle Luft an ihren Beinen.

Das Problem

Mein Problem ist, daß ich genauso aussehe
wie fünfzigtausend andere Engländer.
Wir sind alle klein, dunkelhaarig, etwas dicklich,
tragen Brillen und haben die gewöhnlichen Stimmen.
Manchmal ist es schlecht,
die Polizei verhaftet uns, weil sie
uns mit jemandem verwechselt.
Manchmal ist es gut, weil wir mit den Frauen
der anderen ins Bett schleichen können.
Manchmal ist es lästig,
weil ich mit gewissen Dichtern verwechselt werde,
die Leute starren mich an
und warten darauf, daß ich den Gastgeber küsse,
auf den Teppich schiffe oder ohnmächtig werde.
Doch meistens ist es so, wie es sein sollte,
und beschwingt tun wir so,
als wären wir ganz verschieden.

Die Szene hier

Ich ging an dem alten Haus in der
Nähe des Parks vorbei und dachte
an jene hoffnungsvollen Tage vor zehn
Jahren, als wir alle daran
glaubten, daß bald etwas passieren würde.
Wir tranken und redeten die Nächte
durch, warteten auf eine große
Ausstellung oder auf die Zeitschrift,
die uns einen Namen machen würde.
Wir diskutierten bis in den frühen
Morgen und planten den nächsten
Schlag gegen den Feind.
Jetzt sind die Zimmer leer,
und Zeitungen hängen vor den Fenstern,
die Namen an der Tür sind mit dicken
schwarzen Linien durchgestrichen.
Während ich sie betrachte, denke ich daran,
wie alles wirklich zu Ende ging,
denke an die Ereignisse, die uns trennten,
an den Schriftsteller, der entdeckte, daß es
besser für ihn war, seine Frau dabei zu
beobachten, wie sie andere liebte,
an den Bildhauer, der aufgab und Postbeamter wurde,
um so seine Hypothek abzuzahlen, an die
Sängerin, die einen Ingenieur heiratete und
ihre Zeit damit zubringt, Kinder zu kriegen und
vorm Fernseher zu sitzen, an den Trompeter, dessen
Frau ihm sagte, er müsse sich entscheiden und
der seine Trompete verkaufte, an den Dichter, der
herausfand, daß es lohnender war,
Artikel für die Lokalredaktion zu schreiben,
an die anderen, die es nach London trieb
oder Edinburgh oder St. Ives und von denen
man nie wieder etwas hörte und die jetzt
Vertreter oder Verkäufer sind.
Manchmal sehe ich die,
die hiergeblieben sind, in den Bars

der Stadt, wo sie zuviel trinken
und immer noch darüber reden, was
sie tun würden, *wenn* sie Zeit hätten,
wenn sie Geld hätten, *wenn* sie genug Unterstützung
hätten,
diejenigen, die immer etwas wollen, aber nicht
fähig sind, irgend etwas dafür zu geben
außer ihrem abgenutzten Gehabe
aus abgenutzten und verlorenen Erwartungen.

Hoffnung

Wenn der Nachmittag sich hinzieht
und die Telefone nicht klingeln,
wechselt die Unterhaltung der Angestellten
von Sonne, Sex und Sport
zu einem Gespräch über die Hoffnung,
oder darüber, daß es keine gibt. Einer sagt,
er brauche Hoffnung eigentlich nur,
um am Leben zu bleiben. Ein anderer
spricht über die Juden in Viehwaggons,
immer voller Hoffnung, daß die Dusche
am Ende der Fahrt ihnen helfen würde,
das Gefühl der Angst wegzuspülen;
und ein dritter schiebt seinen leeren
Kugelschreiber über ein weißes Blatt und
starrt still vor sich hin. Was mich betrifft,
so muß ich sagen, daß es in unserer Situation
keine Hoffnung gibt, wenn wir uns nicht erheben.
Und darauf folgt ein kurzes Schweigen,
bevor wir unsere Ordner zur Seite legen
und weggehen, wenigstens bis morgen.

Absinth

Verlaine sah den Abend auf sich zukommen
und bestellte nochmal zwei Absinth.
Die Bar war halb leer, eine handvoll
Arbeiter spülte den Staub herunter,
eine alte Frau ohne Nase
trank billigen Wein. Verlaine langweilte sich.
Wo steckte eigentlich Arthur in letzter Zeit?
Die Leute sagten zwar, daß er nicht mehr
in der Gegend sei, doch war er sicher,
ihn etwas früher auf der Straße gesehen zu haben,
eine gekrümmte Gestalt, die in einer abgewetzten
   Seemannsjacke
mittags durch das Menschengewühl eilte.
Und ganz bestimmt hatten sie sich zusammen betrunken;
und waren sie nicht, auf der Suche nach Abenteuern,
erst am letzten Samstag zusammengewesen?
Verlaine versuchte, sich an diese Nacht zu erinnern,
doch alles verschwand hinter einer Absinthwolke,
und was er sehen konnte, war ein unbekanntes Gesicht
und ausgefallene Haare, verstreut über ein zerrissenes
   Kissen.
Verdammt, dachte er, ist das alles,
was davon geblieben ist? Er trank
seinen zweiten Absinth und bestellte nochmal zwei.
Er brauchte einen als Reserve auf dem Tisch,
für den Fall, daß Arthur plötzlich zurückkommen würde.
Ohne einen Schnaps erwischt zu werden,
um die Ankunft eines alten Freundes zu feiern,
war etwas, was er nicht leiden konnte,
und jeden Tag fiel es ihm schwerer,
diese plötzlich auftretende Spannung zu fühlen,
die jedesmal wie von selbst da war,
wenn eine Tür sich öffnete.

Des Dichters Leben, 1972er Stil

Es ist mitten an einem warmen Nachmittag,
und nachdem ich drei dunkle Bier und zwei
Cornbeef Sandwiches zum Lunch gehabt habe,
denke ich schläfrig über Susan nach, die
Sekretärin, während sie durch das Zimmer gleitet.
Plötzlich öffnet sich die Tür, der
Abteilungsleiter stakst herein und fragt: »Ist die
Lieferung nach Denton abgegangen?« Ich kreise
immer noch in einem Nebel von Phantasien rund
um Susan, und was wir in einer Pariser
Mansarde zusammen anstellen könnten, doch die Stimme
bleibt grantig, will etwas über die
200 Gallons Schmieröl hören. »Wie zum Teufel
soll ich das wissen?« Mir ist, als schreie ich,
doch ich tu's nicht, die Kündigung steht in der Tür,
ich lächle und sage: »Welche Lieferung?« und
er knurrt: »Für die ich Ihnen vor drei Tagen
einen Auftrag gegeben habe«.
                                        Ich bin verloren, ich gebe es zu,
so weit kann ich nicht zurückdenken,
abgesehen von meinem letzten Traum mit Susan,
in dem ich der allerjüngste Poeta laureatus war
und sie mir nachsetzte, durch Korridore
mit modrigen Büchern im Keller
des Britischen Museums. Wir legten uns
schließlich auf einen Stapel Bücher mit Samtrücken
aus den Neunzigern, und ich schwöre, daß
ich Oscar Wilde vor Vergnügen quietschen hörte,
als sich Susans Hintern an seinen Werken rieb.
Die Stimme dröhnt weiter, beauftragt mich, die Lieferung
zu erledigen, und Susan verschwindet in die
dunkleren Winkel meines Gedächtnisses. Die Pflicht ruft,
und der Rest des Nachmittags vergeht damit,
Zahlen zu tippen und Formulare auszufüllen.

Als ich am Abend meine Taschen durchsuche,
finde ich den Auftrag, und auf der Rückseite

stehen Teile eines Gedichts, das ich nicht beenden konnte,
weil jemand sagte, daß ich am Telefon
verlangt würde. Halb erigierte Phantasien
und halb fertige Gedichte.
Das ist das Leben
des Dichters in diesem Jahr 1972.

Nach einer Zigarette suchen

›Bist du in einem Hotelzimmer in Detroit
und suchst nach einer Zigarette?‹
Charles Bukowski

Mein halbes Leben habe ich in Hotelzimmern zugebracht
und nach Zigaretten gesucht. Gewöhnlich ist es
früh am Morgen, die Flasche
ist leer, im Radio ein Lied
das Erinnerungen an andere Hotels weckt
und an leere Flaschen und ausgedrückte Zigaretten.
Wäre ich im Kino, würde eine blonde Frau gelangweilt
in einem Morgenrock auf und ab gehen,
und eine Neonreklame ließe ihre Botschaft
in kurzen Abständen vor dem Fenster aufleuchten.
Doch der Film läuft nur in meinem Kopf,
schon wieder eine Reise in die Vergangenheit.
Die blonde Frau geht wirklich auf und ab, und die Reklame
leuchtet auf, doch wenn ich die Augen öffne,
sehe ich vergilbte Tapeten, eine leere Flasche,
und eine zerknüllte Zigarettenschachtel.

Der lange Abschied

Wir können sie sehen, draußen vor dem Schaufenster,
wie sie sich anschauen. Das hübsche Mädchen
und der gutaussehende Mann, die auf
der regennassen Straße stehen, ihre Gesichter
von Gefühlen gezeichnet. Sie sprechen miteinander, doch
wir können sie nicht hören, wir können nur vermuten,
was sie sagen. Es ist wie ein Film,
bei dem der Ton abgedreht ist, die Darsteller
handeln durch Bewegungen, sie
zeigen die Bedeutung in Gesten, mit
bestürzten Blicken und hochgezogenen Augenbrauen.
Und wenn die Stimmen plötzlich in das
Schweigen platzen, sind wir überrascht. Die Tür
geht auf, jemand kommt von draußen
herein. Wir hören das schöne Mädchen und
den gutaussehenden Mann für einen kurzen Augenblick.
»Dreckskerl«, sagt sie. »Nutte«, antwortet er.
Und sie gehen auseinander
und verschwinden in der Menge der Kauflustigen.

Ein Freitag wie jeder andere

Es war einer dieser heißen Sommerabende
wo man früh anfängt zu trinken, und ich war
ein bißchen beunruhigt, wie das wohl enden würde,
aber gegen Zehn standen wir in einer
lauten Kneipe, wo eine tätowierte Alte
zu einem von uns sagte: »Wichs dir einen«.
»Soll das lustig sein«, sagte er,
»ein Jahr lang in der Wüste, ohne Frau,
und die erste, die ich frage, sagt,
wichs dir einen«. Später verschlug
es uns in eine Kneipe, wo die Frauen
schon eher bereit waren, sich kurz auf sein
20 Mark Angebot einzulassen, und wir sahen,
wie der Rausschmeißer einen jungen Burschen packte
und mit dem Kopf zuerst durch die Tür warf.
Es regnete, als wir gingen,
deshalb weiß ich nicht, ob auf dem
Bürgersteig Blut war, doch ein Stück weiter
gab es eine Schlägerei, drei Polizisten
zerrten einen Betrunkenen aus einer Kneipe,
sein Kopf klatschte ziemlich laut gegen die Wand;
am Busbahnhof hatte jemand
einem Taxifahrer die Scheibe ins Gesicht geschlagen,
die Polizei schubste die Leute herum,
ein Junge hatte seinen Anzug vollgekotzt
und kroch den Bürgersteig entlang,
ohne daß ihm jemand half,
während an der anderen Ecke ein Mädchen flennte,
weil ihr Freund abgehauen war,
wie auch immer
ein typischer Freitagabend, nicht
viel los, es war alles in Ordnung.

Kommunique für ein Kind

Zunächst einmal solltest du dich nicht beklagen.
Die Bombe, die dir das linke Bein weggerissen
und ein Auge zerfetzt hat,
wurde von einigen unserer Freiwilligen gelegt,
um im Kampf für unsere Forderungen
den größtmöglichen psychologischen Effekt zu erreichen.
Es war nicht unsere Absicht, jemand zu töten
oder zum Krüppel zu machen, und wir bedauern
den Tod deiner Mutter. Jedoch mußt du verstehen lernen,
daß es in einer Situation wie dieser
keine Unschuldigen gibt.
Deshalb solltest du dich mit deinem Zustand abfinden
und uns nicht verdammen. Während du
in die Zukunft humpelst, wirst du
die Dinge mit einem Auge klarer sehen
du wirst den Vorfall mit der Weisheit
des Alters richtig bewerten. Du wirst
verstehen, warum es passiert ist.
Nur ein Erwachsener kann das begreifen,
und dem Leiden einen Sinn geben.

Im alten Stacheldraht hängen

Wenn du sie treffen willst, ich weiß,
wo sie sind. Du findest sie gewöhnlich
in Cafés oder Bars, angetrunken und hartnäckig
diskutieren sie die letzten Erlasse,
zerlegen die neuesten Begriffe, analysieren
die letzte Nachricht, kaum daß sie da ist.
Hin und wieder machen sie einen Schritt
auf einen abweichenden Standpunkt zu, aber einmal
im Freien, werden sie gestellt, zerfetzt von Gedanken-
splittern, niedergedrückt von Paranoia,
unfähig, über die Hindernisse vorzurücken.
Und wenn es still ist, wenn der Pulverdampf
verweht ist, kannst du sie erblicken,
draußen im Niemandsland, wie sie
im alten Stacheldraht hängen.

Diebstahl

Ich frage sie, ob sie den Umschlag
mit den Fotos zurückschicken kann, damit
ich ein paar heraussuche von ihr
und den Kindern, als Erinnerung
an die fünfzehn Jahre, die wir zusammen waren.
Sie ist einverstanden, doch als die Fotos kommen,
sind es die von den Kindern, von mir,
von Freunden und Verwandten.
Nicht ein einziges von ihr. Sorgfältig hat sie
jeden Beweis entfernt. Wie ein Dieb,
der alle Spuren eines nächtlichen Besuchs verwischt,
so hofft sie, keiner werde
erfahren, daß sie in meinem Leben war,
und was sie aus dem gemacht hat, was sie mitnahm.

Ostern in Stockport

Ich sitze in einem gemütlichen Hochhausapartment
und sehe über die Industriewüste Stockports,
(Das wüste Land! Das wird sehr poetisch!)
und lautlos kriecht die Vergangenheit an mich heran,
wie der weiche, graue Qualm der Fabriken.
Ostern in New York, April in Paris,
warum kommt mit den Wörtern dieses Frühlingsgefühl,
obwohl ich weiß, daß ich nicht woanders sein möchte?
Irene ist in der Küche und macht Frühstück.
Es muß was Wunderbares sein! Und gestern Abend haben
wir uns zum zweitenmal geliebt! Du würdest staunen,
was in solchen Hochhausapartments passiert.
Doch hier kommt es schon wieder. Alte Gedichte, alte Schlager,
Erinnerungen stürzen herein, Schleusen öffnen sich.
Du hast so wunderschöne blaue Augen, halb verdeckt hinter
einem gekochten Ei und der Zeitung. Meine Stimmung
schwimmt in der Kaffeetasse. Das Radio pumpt noch
einen alten Schlager hoch, doch ich kann ihn nicht
einordnen,
ein paar Zeilen eines Gedichts ziehen durch meinen Kopf,
schattenhaft wie Schiffe durch den Frisco Nebel gleiten
in einem flackernden Kriminalfilm der 40er Jahre.
Wir sollten hoch oben auf einem windigen Hügel sein, der
Himmel fängt über dem Dach an. Der Rauch einer Zigarette
kräuselt sich zwischen uns, das Foto eines französischen Dichters
erscheint plötzlich auf der Leinwand, die glimmende
Zigarette baumelt zwischen seinen Lippen. *Ostern in New York,*
»Das Mädchen mit den Papierrosen am Strohhut
Wer so singt, singt in alle Ewigkeit«
Eine Schönheit aus New York? Alte Filme, alte Gedichte,
alte Schlager, Erinnerungen. Irene knistert mit der Zeitung,
der Teelöffel klingelt in der Zuckerdose.
Schwach scheint die Sonne durch die
vorbeiziehenden Wolken. Geräusche von der Straße steigen
hoch.
Ostern breitet sich aus wie ein langsam schmelzendes
Schokoladenei.

Freundschaft

Es gibt nichts mehr zu tun,
und ich gehe in die Stadt,
um in ein paar Kneipen reinzuschauen,
und da ist die Frau meines Freunds,
wie immer sieht sie gut aus.
»Hallo«, sagt sie, und wir trinken einen,
und sie erzählt mir, daß sie ihn verlassen hat.
Schließlich lande ich in ihrer Wohnung,
und wir gehen zusammen ins Bett,
und das einzige Problem dabei ist,
daß sie, als ich zum zweiten Mal
mit ihr ficke, seinen Namen ruft
und anfängt zu weinen.
Zwei Wochen später bin ich wieder in der Stadt,
da sind die beiden in dieser Kneipe,
und ich sage: »Hallo«, und er sagt:
»Hau ab, Jim, bevor ich dir
den Schädel einschlage«. Ich weiß nicht,
ob die Moral der Geschichte eine andere
ist als die, daß du nie
mit der Frau deines besten Freunds schlafen sollst,
wenn er nicht dabei ist.

Fred Engels bei Woolworth

Karl, heute bin ich durch Woolworth gegangen,
und da standen wir in den Regalen, zusammen mit
James Bond und *Sex für Anfänger* und *Fünfzig*
Rum-Rezepte zu Weihnachten.

Ich glaube, man kann sagen, daß wir es geschafft haben,
Karl. Sie hatten eine Auswahl deiner Schriften und
das Buch von mir über die Arbeiterklasse, du weißt, und
da waren diese Neuen – Lenin und Trotzki, der
auf den Stalin losging. Ich kann ihm
keinen Vorwurf machen, Karl. Wir werden noch viel Zeit
brauchen, um Josefs Fehler zu überwinden.

Aber du solltest unsere Bücher sehen,
Karl, sie können uns direkt stolz machen.
Farbige Einbände, mit wehenden roten Fahnen und du
mit deinem Bart. Auf meins haben sie kein Porträt
gemacht,
dafür aber eine schöne Gustave Doré Lithographie
von einer Gruppe zwergenhafter, alkoholgetränkter Städter,
und das ruft Erinnerungen wach. Und die Bücher sind billig,
Karl, damit die Arbeiter sie kaufen können.
Massenproduktions-
methoden, verstehst du. Ich sag's nur ungern, aber es gab
ein paar Dinge, wo du dich geirrt hast.

Und trotzdem, Karl, du würdest
mit Tränen in deinen müden Augen zusehen,
wie die Leute ihre Sachen in die Körbe packen. »Äpfel?
ja, und Fischstäbchen. Nimm auch Cornbeef und
steck dieses Taschenbuch dazu für unseren Jim. Du weißt,
wie schwer er sich tut mit seiner Gewerkschaft und diesem
Marx.«
Ja, mein Freund, wir werden bald auf den Einkaufszetteln
stehen,
auch wenn ironischerweise die Revolution in England
immer noch ein Fehlstart ist.

Na gut, Karl, es könnte
noch viel schlechter sein. Wir mögen zwischen Flitter und
Spielzeug versteckt sein, aber das ist besser, als an dem
  Stand
zu liegen, wo die herabgesetzten Sachen verramscht werden.

Gegen Zweisamkeit

Sie hat keinen Blick dafür,
wenn es irgend etwas zu sehen gibt,
aber mich beobachtet sie.

Ich wünsche es
keinem, diese ewig-verliebten
Augen seiner Frau.

Laßt die Leute ein wenig
für sich leben. Laßt sie
manchmal verwirrt und fleißig sein.

Bücher aus der Bibliothek

Und jetzt haben sie die Bibliothek auf Computer
umgestellt,
ein Check-Out System registriert die Titel der Bücher,
die du ausgeliehen hast. Das kann ja ganz nützlich sein,
denkst du, es erspart dem Bibliothekar Arbeit,
doch eines Tages klopft es an der Tür, du öffnest,
und zwei Männer in dunklen Anzügen stehen vor dir.
Sie sagen, sie hätten eine Liste mit Datum, von den
Büchern
die du gelesen hast, und sie würden gern einmal
hereinkommen.
Die Unterhaltung verläuft ungefähr so: »Mr. Burns,
warum sollte jemand wie Sie an einem Buch über die
Geschichte der Damenunterwäsche interessiert sein?«
Ich hielt es schon lange für eine Sache,
in die ich mal reinriechen wollte,
sagst du, und sie sehen sich bedeutungsvoll an.
»Nun, Mr. Burns, vielleicht können Sie uns erklären,
was an einer umfangreichen Abhandlung über die englische
Forelle so faszinierend war?« Und du antwortest, die
Geheimnisse
der Tiefe sollten nicht nur dem Hummer bekannt sein,
worauf sie wissend lächeln und zum Kern der Sache
kommen. »Erzählen Sie uns doch etwas über Ihr
Engagement
zur Rettung der einsaitigen Canton Mandoline?« und du
sagst,
das sei freitags in der Kneipe Thema Nummer eins.
Worauf sie beschließen, dich gleich mitzunehmen.

Ein Dichter auf der Flucht

An einem kalten aber schönen Novembertag
höre ich in den 13.00 Uhr Nachrichten,
das *Festival des Lichts* habe die Übernahme
des Landes verkündet. Mit einer sofortigen
Säuberungsaktion ist begonnen worden, sagt
der sanfte Sprecher, die soziale Atmosphäre
soll gereinigt werden. An oberster Stelle der Fahndungsliste
stehen pornographische Dichter. Alle
Kontrolleinheiten sind alarmiert, Butlin's Ferienhotels
sind in Aufnahmelager umfunktioniert worden, wo
Neuankömmlinge sich einer Seelenwäsche unterziehen
müssen.
Danach werden sie auf die Kanal-Inseln verschifft,
um auf Bauernhöfen zu arbeiten. Also, stell dir vor,
ich liege auf dem Bett, mein Meisterwerk in der Hand
und starre auf Bilder von pin-up Girls
in einem Fotomagazin und bin steif vor Angst, gerade als
ich mit ein oder zwei Zuckungen zu
einem wirklich befriedigenden Expressionismus komme.

Ich gleite hinüber zum Fenster, linse durch die
gefrorenen Scheiben und sehe gerade noch, wie
ein Mann in einem schwarzen Ledermantel hinter einem
Telefonhäuschen verschwindet. Sie sind mir auf der Spur,
ein frustrierter Nachbar muß ihnen einen Tip gegeben
haben;
vielleicht hörte er das Stöhnen und Knarren, als ich
Nacht für Nacht an meinem Opus arbeitete. Wer weiß,
in diesen Zeiten sind die Straßen nicht mehr sicher.
Wer kann schon sagen, was derjenige will,
der im Bus hinter dir steht und mitliest?
Wer weiß, was der Schatten an der Wand will,
wenn du dir Zeitschriften und Bücher im Schaufenster
ansiehst?
Der Schatten weiß es, aber du weißt es nicht.
Es ist nicht mehr ungefährlich, schmutzige Witze zu
erzählen,

du kannst nichts Zweideutiges mehr sagen, weil sie gegen eine
dieser Bedeutungen sind. Redewendungen werden bald auf
Formeln
beschränkt, die nur noch eine Bedeutung haben sollen.
Sie sind dabei, die Lustgefühle zu unterdrücken.

Deshalb werfe ich ein paar Socken in den Koffer,
klebe mir einen Bart an und schleiche die
Hintertreppe hinunter. Als ich vom Bordstein
auf die Straße trete, senkt sich eine Hand auf
meine Schulter und ich sehe in ein unnachgiebiges Gesicht
zwischen dem hochgeschlagenen Kragen eines Ledermantels.
Ich greife in die Tasche und packe meine Waffe,
und er weicht zurück. Ich renne die Straße hinunter,
mische mich unter die Leute und kann ihn abhängen.
In dieser Nacht penne ich in einem leerstehenden Haus und
kritzle
Sprüche an die Wand, im Schein der Taschenlampe. Am
nächsten
Tag verschicke ich meine Gedichte an Mitverschwörer,
ich klebe sie an leere Fenster und setze mich hin,
um noch mehr zu produzieren. Ich schreibe gegen die Uhr,
rege meine Fantasie mit erlesener Erotik an,
doch bleibt mir wenig Zeit mich hinzugeben.
Sie kommen näher. Bald ist alles taghell beleuchtet.
Die Erde wird übersät sein mit sauberen, weißen Häusern.

Tod

Ich hatte mir immer vorgestellt, daß es ein alter Mann ist,
der eines Nachts hereinkäme, in einem langen,
schwarzen Umhang und mir zuwinken würde,
um mich schnell darin einzuhüllen, und
das wär's dann. Und einmal erblickte ich sogar
eine schlanke Frau mit dunklen Augen, wie
aus einem Stummfilm, teuflisch und
verführerisch, und ich kauerte in einer Ecke,
als sie näher kam und mir den Film ausknipste.
Dann erschien mir ein blonder Engel,
mit Flügeln, die mich umschlossen, während ich
in einen sanften, schönen Schlaf glitt.
Doch in letzter Zeit
denke ich eher an Frauen um die Vierzig,
die mich im Laden bedienen, und einen Augenblick später
kann ich mich nicht mehr an sie erinnern,
oder an den Busfahrer, der mein Geld entgegennimmt,
oder an die Frau, die mir das Bier hinstellt,
von dem ich weiß, daß es mich über die Schwelle trägt,
und wenn ich ausgetrunken habe, ist mir klar,
daß es überhaupt keine Schwelle gibt, und selbst wenn es sie gäbe,
wäre nichts auf der anderen Seite.

Tanz der Ungläubigen

Die Nadel tanzt rein und raus,
jagt den höchsten goldenen Buddha
an guten Tagen,
an schlechten Tagen ein tödlicher Schuß.
So ging es weiter,
die Helden vom letzten Jahr
humpelten in Seitenstraßen
und kamen nicht mehr heraus,
die Helden von diesem Jahr
starren auf die Nadel,
Angst unter wattierten Schultern.
Oh Mann, lies die Nachrichten langsam vor.
Das weiße Pferd ist wild
und zerbricht den Reiter.

Ich war ein Arbeiter für die Revolution

Das Komitee für die Revolution sagte mir, daß ich mich als Arbeiter
ausgeben sollte, um in ihre Reihen vorzudringen und
Unzufriedenheit zu stiften,
also zog ich die Arbeitsschuhe an, setzte eine Schlägermütze
auf und ging in die
nahegelegene Fabrik. »Denk daran«, hatte man mir gesagt, »als einer,
der sich als Arbeiter ausgibt, könntest du von einem Polizisten
überwacht werden, der sich als einer der ihren ausgibt«.
Ich merkte mir diese Worte und war vorsichtig, ich mischte mich
unter die Kollegen, die ihre Arbeit machten, trank in ihren
Kneipen, ging
mit ihren Töchtern aus und zeigte reges Interesse für ihre
Frauen. Außerdem
interessierte ich mich für Fußball, saß so oft wie möglich
vor dem Fernseher
und las alle beliebten Tageszeitungen gründlich. Es war
kein schlechtes
Leben, aber nach fünf Jahren rief mich das Komitee zurück und
fragte, was ich erreicht hätte, und ich mußte antworten: »Nichts«.
Sie sagten mir, daß ich noch einen Anlauf nehmen sollte,
und ich gehorchte.
Schließlich war ich ein Arbeiter für die Revolution.

Ich nahm eine Arbeit im Büro an, füllte Formulare aus,
trank Tee und
riskierte einen heimlichen Blick, wenn die Sekretärinnen
sich über die Ablage
beugten. Ich setzte ein bißchen Fett an, vom guten
Kantinenessen und
weil mir die nötige Bewegung fehlte; aber so fiel ich
wenigstens nicht auf,
niemand wußte, daß ich kein typischer Büromensch war
und sie akzeptierten
mich, ohne Fragen zu stellen. Ich war glücklich über den
Erfolg meiner
Mission und arbeitete härter, um meine Rolle zu
perfektionieren. Bald war ich

verheiratet, hatte einen Bausparvertrag, ein kleines Auto, zwei Kinder und
einen freien Abend pro Woche, an dem ich mit meinen Freunden über Urlaub und Hobbies,
Golf und Frauen diskutierte. Ich kannte die schönsten dreckigen Witze und so
wurde ich Sekretär des Sport- und Freizeit-Clubs. Und wirklich,
es gefiel mir, aber nach zehn Jahren rief mich das Komitee zurück
und wollte einen Erfolgsbericht von mir. Ich gab ihnen ein leeres Blatt.
Sie sagten mir, ich müßte die Büroarbeit aufgeben, und ich gehorchte.
Schließlich war ich ein Arbeiter für die Revolution.

Dann gaben sie mir einen Job in der Parteizentrale, ich heftete die
Berichte anderer Mitarbeiter ab. Die Atmosphäre war bedrückend, es wurde
nur über Politik geredet, und die Genossen hauten sich gegenseitig
in die Pfanne, wenn sie die neusten Beschlüsse diskutierten. Ich fand,
daß die Angelegenheit wieder in Ordnung gebracht werden müßte, etwas Entspannung
könnte der ganzen Belegschaft helfen, bessere Beziehungen herzustellen. Ich
organisierte eine Büro-Lotterie, zwei Reisen nach Blackpool, sechs oder sieben
Parties in den Kneipen der Stadt, machte die eingefleischten
Idealisten in der Frauenabteilung mit mitternächtlichen Tanz- und Badefreuden
bekannt, und ein Jahr später waren acht der Mädchen
weggegangen, um zu heiraten, und vier der Männer hatten sich mit Geld,
das sie in der Büro-Lotterie gewonnen hatten, selbständig gemacht.
In der Zentrale konnte man es aushalten, aber die Arbeit war am Nullpunkt.
Ich bekam eine Lohnerhöhung und sollte den Laden übernehmen, und ich gehorchte.
Schließlich war ich ein Arbeiter für die Revolution.

Brot und Spiele

Espressobars sind nur für Intellektuelle,
Arbeiter gehen in Imbiss-Stuben; also stakse
ich mittags in die hier an der Straße
und bestelle eine Tasse Tee und drei
Wurstbrötchen. Während ich esse, fühle ich
einen leichten Schlag auf den Rücken,
und erfreut über diese nette Begrüßung
eines Proletariers, drehe ich
mich um und sehe in ein ledernes Gesicht.
»Wie haben wir uns geschlagen?« brummt die Stimme
zwischen Bissen an einem Schinkenbrot,
ich antworte, »die Bastarde haben uns verschaukelt«
und zeige mit dem Daumen nach unten. »Verdammt,
hab's gewußt«, sagt er, »hab's verdammt gewußt«,
und ich sag zu ihm, »die hatten schon gewonnen
bevor es überhaupt losging«. Er knurrt,
»war verdammt klar, die war'n von Anfang an
im Vorteil«. Ich schrei: »Wir werden es ihnen beim
nächstenmal schon zeigen«, und er stimmt zu: »Genau,
das werden wir tun« und nimmt seinen Pudding
von der Theke. »Ja«, sage ich, »wir werden das
nächste Treffen stürmen und sie abwählen«.
»Wen abwählen?« fragt er, und ich sage,
»den Ausschuß« und er guckt mich an, als wär ich
verrückt. »Die Gewerkschaft« sag ich noch, und er schreit,
»die Gewerkschaft am Arsch, ich hab vom Pokalspiel
geredet«. »Aber was ist mit der Gewerkschaft?«
frage ich, und er sagt: »Verdammt! bist du auch
einer von diesen dreckigen Kommunisten?«

Die Nacht der Dichter

Es ist die Nacht der Dichter,
und sie sind alle an der Bar versammelt;
emsig tauschen sie Informationen aus
und versuchen, im Rennen um die
Unsterblichkeit, ihre stärksten Gegner
abzuhängen. Ich bin fasziniert von ihnen,
von ihrem festen Blick, ihrem guten Aussehen,
von den Gesichtern voll Schmerz und
der Gewißheit, daß die Welt sie verachtet,
von den Stimmen, erschöpft von den
immer währenden Kämpfen
und den Spuren von Kaffee und Zigaretten.
Oh, was für schöne Menschen sie sind.
Und ihre Freundinnen, auch ihre
Freundinnen sind schön! Sie sind
gut gebaut und schweigsam, lässig
gekleidet, doch attraktiv
und sie hängen sich an jedes Wort des Dichters,
das wie ein Regentropfen
in die Pfützen der Unterhaltung fällt.
Es ist ein aufregender Anblick, sehr bewegend,
ich sehe es natürlich von
meinem besonderen Standpunkt aus,
von einer Ecke des Tresens,
wohin man mich mit meinem Bier abgedrängt hat,
weil ich zu klein bin, um über
die Dichter hinwegzusehen und zu schüchtern,
um sie in ihrer Selbstgefälligkeit zu stören,
und ich weiß verdammt nochmal
nicht, was ich Frauen sagen soll
die glauben, jeder Dichter trinke Wein
und wäre noch geistreich, wenn er vögelt.

Fragen und Antworten

Einer der üblichen verkaterten Samstagmorgen,
ich schalte von einer Fernsehstation zur anderen
und suche eine Antwort auf meine Kopfschmerzen.
Schließlich kommt *Raumschiff Enterprise* herein, gerade als
der Captain sagt: »Irgendeine Vermutung, Spock«?
und Spock antwortet: »Nein, Captain, nur der Anfang
einer neuen Theorie«, und es ist wie bei den Linken,
die sich den Ereignissen mit einer weiteren Analyse stellen.

Also suche ich in den Regalen nach einer Lösung,
ich sehe nach, was Marx zu Engels sagte und Stalin
zu Trotzki und Lenin zu Gramsci und Harry Pollitt
zu Willie Gallacher und J. P. Cannon zu Joseph Hansen,
und die einzige Antwort, die ich finde, ist die, wären Bücher
Gewehre, wäre die Bourgeoisie schon lange ausgeschaltet
worden,
und jede weltweite Papierknappheit in der Zukunft
wird die Folge einer Verschwörung des linksradikalen
Flügels sein.

Dann lande ich in der Kneipe, suche weiter nach einer
Antwort,
und nach vier Halben glaube ich, sie gefunden zu haben,
nach acht Halben weiß ich es genau. Doch ich bin wieder
zurück
mitten in der kapitalistischen Welt und trinke Bier, um die
Probleme zu lösen, die mir das Biertrinken eingebracht
hat, und
morgen werde ich immer noch die alten Probleme haben.
Es gibt keine
Antwort die mich überzeugt, doch ein echtes Problem wird
es erst dann,
wenn es schwerfällt, sich zu erinnern, ob es eine Frage gibt.

Der gemeinsame Markt

Früh morgens blättere ich in der Zeitung THE SUN,
an einem langweiligen Arbeitstag,
und betrachte das Bild eines Fotomodells,
das ein Sonderangebot offeriert, einen BH mit Höschen
aus durchsichtigem, schwarzen Nylon. Ich rufe meine Frau an,
sie bestellt das 3.95-Angebot mit der Post,
und drei Wochen später ist es da.
An diesem Abend geht sie schon früh nach oben,
ich folge ihr, und da ist sie, ausgebreitet
liegt sie auf dem Bett, in ihrem Nylon-Sonderangebot.
Naja, es ist naheliegend, was passierte, doch habe ich
vergessen, daß 3.432.576 andere Arbeiter aus Langeweile
ihre Frauen überredet haben, das Sonderangebot in THE SUN
zu bestellen, die ebenfalls an diesem Morgen ankamen, und
deshalb vögeln jetzt 6.865.152 Männer und Frauen in ihren
Betten, verschlungen in schwarzen Nylon, und alle haben
zur gleichen Zeit einen gigantischen Orgasmus.
Die Betten quietschen und krachen, Häuser stürzen ein
und ganze Städte werden verwüstet.
Das ganze wahnsinnige Land rutscht
ins Meer und verursacht eine Flutwelle,
die halb Frankreich überschwemmt.
Jetzt sind wir endlich im gemeinsamen Markt angekommen,
auf einer Welle höchsten Glücks, und
die Europäer haben so zum erstenmal etwas
von den Absichten und der Macht der Britischen Presse zu spüren bekommen.

Warten auf McAlmon

Es regnet wieder,
wir sitzen in der Kneipe
und warten, daß der Nachmittag vorbei geht.
Es ist nichts los. Zwei Rentner
ruhig in einer Ecke
vor einem billigen Glas Wein,
ein Arbeiter, der in sein Bier
guckt, die Wirtin vertreibt sich
die Zeit mit Flaschenputzen.
Das Buch liegt auf dem Tisch,
zwischen uns. Wir sehen
es an. Bob kommt herein,
sein Gesicht blaß vom Suff
der letzten Nacht. Er
braucht ein Bier, sagt er,
und wischt den Regen von den
Schultern. Wir bestellen wieder.
Die Stille ist entmutigend.
»Keine Arbeit heute, Bob?«
und er schüttelt den Kopf.
»Ich glaube, später gibt's noch
was« sagt er und
nimmt das Buch in die
Hand. Ein grimmiges Märchen.
»Wir könnten eins weiterziehn, mal
sehn was dort los ist«, schlägt
er vor, und wir zucken mit den Achseln,
denken an den Regen draußen
die Fußgänger, die sich unter Markisen
zusammendrängen, die vollgespritzten
Polizisten, die den Verkehr durch
die Stadt leiten.
»Irgendwas passiert bestimmt noch«
ein Satz auf einem leeren Stuhl.
Wir gehen die Jahre durch,
sammeln Bruchstücke ein
aus vergessenen Magazinen
und wünschten, wir wären dort gewesen.

Arbeitslos, 1977

Die Politiker hielten Reden
für die Unternehmer, und die hörten
interessiert zu, doch die Schlange
der Arbeitslosen wurde jede Woche etwas länger.
Und niemanden schien das zu stören. Sie waren unsichtbar,
diese Männer und Frauen, die mit ihrer Unterschrift
bestätigen mußten, daß sie keine Arbeit und keine
  Einkünfte hatten.
Sie bekamen gerade soviel, um sich ordentlich anzuziehen,
den größten Teil der Rechnungen zu zahlen, die Miete zu
  überweisen
und ihre Kinder satt zu kriegen. Niemand sah darin
etwas Ungewöhnliches. Vielleicht konnten
sie sich keinen Urlaub leisten, und wahrscheinlich
waren sie auch öfter als andere schlecht
gelaunt und mußten den Riemen enger schnallen
und hörten auf zu rauchen.
Doch ihre Wut ließ sie nicht gemeinsam
marschieren, deshalb war niemand beunruhigt.
Sie waren immer da, doch keiner nahm von ihnen Notiz.
Sie hätten genausogut tot sein können.

Epitaph für den Fall, daß es passieren sollte

Keiner hat mir jemals
einen Preis für meine Gedichte gegeben,
Gottseidank, und der Staat
vermachte mir nie einen Zuschuß.
Ich betrank mich mit meinen Freunden,
liebte, lachte und
stritt manchmal mit meiner Frau,
und währenddessen
verabscheute ich Polizisten, Pfarrer
und Politiker.
Die Gedichte kamen und wurden
niedergeschrieben. Die sie lesen wollten,
taten es. Der Rest
mag zur Hölle fahren. Und falls eins
oder zwei von einem emsigen Dozenten
in die Kehle eines Studenten gerammt
werden sollten, dann soll jeder
daran denken: Ich schrieb Gedichte,
weil ich nicht das Geld hatte,
dauernd besoffen zu sein.

Mitternacht im Wien meiner Gedanken

Die Dächer von Wien sind wieder naß heute Nacht,
und durch die alten Wohnungen sickern kratzende
Geräusche
von halb vergessenen, traurigen Liedern. Unter mir
ein alternder Veteran aus dem spanischen Bürgerkrieg,
er hustet sein Leben im Alkoholdunst aus.
Wenn du hier zur Ecke Beckumer Straße gehst
und das richtige Wort sagst, triffst du vielleicht
einen ausländischen Agenten oder eine Hure auf
Stöckelschuhen,
und beide weihen dich ein in geheimnisvolle Bewegungen
und mysteriöse Stellungen. Ein schwarzer Wagen rast
durch die leeren Gassen, irgendjemand kämpft
auf dem Rücksitz. Der Polizist, der in die andere Richtung
schaut
wird den Morgen nicht erleben,
der Wagen wird die Stadt verlassen und
auf ein unbekanntes Ziel zusteuern. Das Grammophon
leiert aus, unruhig flackert das Feuer.
Draußen vor dem Fenster wird leise die ›Internationale‹
als Signal gepfiffen. Ich habe nichts zu sagen,
doch die Geister wissen schon, wie sie mich zum Reden
bringen.

Anmerkungen zu den Gedichten

Eine einzelne Blume
Han Shan, chinesischer Lyriker der Tang Dynastie (7. Jahrhundert), genannt nach dem Berg Han Shan (Kalter Berg), auf dem er als Einsiedler die meiste Zeit seines Lebens verbrachte.

Der Stoff, aus dem die Träume sind
Salford ist ein Arbeiterviertel in Manchester, das Engels in ›Die Lage der arbeitenden Klasse in England‹ beschrieben hat.

Fragment einer unordentlichen Erziehung
Clement Attlee (1883-1967), führender Politiker der Labour Party und von 1945-1951 englischer Ministerpräsident. Die Zeitung DAILY HERALD war das Organ der Labour Party und DAILY MIRROR eine unabhängige Tageszeitung.

Ostern in Stockport
In dem Gedicht werden zwei Zeilen des Cendrars Gedichts »Ostern in New York« zitiert.

Ein Dichter auf der Flucht
Das Festival des Lichts (Festival of Light) ist eine von Mrs. Mary Whitehouse gegründete Organisation, die sich als ›Aktion sauberer Bildschirm‹ versteht und dafür eintritt, daß im englischen Fernsehen Sendungen zum Problemkreis Sexualität, Pornographie u.a. nicht gesendet werden sollten, und die dabei von rechtsgerichteten Kreisen bei Presse und Polizei unterstützt wird.

Fragen und Antworten
A. Gramsci, italienischer Aktivist, Mitbegründer der KPI; Harry Pollitt und Willie Gallacher waren führende Mitglieder der British Communist Party, und J. P. Cannon und Joseph Hansen gehörten zu den frühen amerikanischen Trotzkisten.

Warten auf McAlmon
Das erwähnte ›Buch‹ ist der Roman ›Distinguished Air‹ von Robert McAlmon, einem verbannten Schriftsteller und Verleger der 20er Jahre, der zum Freundeskreis um J. Joyce und Hemingway gehörte.

Jim Burns, geboren 1936 in Preston, England. Nach der Grundschule Hilfsarbeiter in einer Baumwollspinnerei. Während der Armeezeit entdeckt er über sein Interesse am Jazz die Beat-Dichter. Veröffentlicht seit 1961 Gedichte und Kurzprosa in kleinen Zeitschriften (›small mags‹). Herausgeber der Literaturzeitschrift *Move* (1964-1968). Jim Burns arbeitet als Angestellter einer Ölfirma, in der er gewerkschaftlicher Vertrauensmann ist. Lebt in Preston.

Two for Our Time, Screeches Publications, Blackburn 1964
Some Poems, Crank Books, New York 1965
Some More Poems, R Books, Cambridge 1966
The Summer Season, Target Publications, Peterborough 1966
My Sad Story & Other Poems, New Voice Publications, Chatham 1967
Cells, Grosseteste Press, Lincoln 1967
Three Jim Burns Stories, Ferry Press, London 1967
Poems, R Books, Cambridge 1968
The Store of Things, Phoenix Pamphlets, Manchester 1969
Types, Second Aeon Publications, Cardiff 1970
A Single Flower, Andium Press, Jersey 1972
Easter in Stockport, Rivelin Press, Sheffield 1975
Fred Engels in Woolworth's, Oasis Books, London 1975
Playing it Cool, Galloping Dog Press, Swansea 1976
The Goldfish Speaks from beyond the Grave, The Salamander Imprint, London 1976
Leben in Preston, Palmenpresse, Köln 1973

Die Gedichte dieses Bandes wurden folgenden Büchern und Zeitschriften entnommen: *Fred Engels in Woolworth's*, London 1975. *The Goldfish Speaks from beyond the Grave*, London 1976. *Leben in Preston*, Köln 1973. *Nervöse Blätter 1*, Köln 1974. *Ambit No. 70*, London 1977. *Tribune* No. 24, London 1977.